ADVIS A MONSIEVR LE PRINCE.

M. DC. XV.

ADVIS A MONSEIGNEVR
le Prince.

MONSEIGNEVR,

QVICONQVE veut gaigner le prix doit franchir la carriere . Les plus beaux commencemens ne font à rien comptez s'ils ne font fuiuis. C'eft la fin qui couronne l'œuure. Voftre grandeur meuë d'vn iufte defir, d'vn zele ardent de voir ceft Eftat reprendre fa forme, & le luftre que vingt annees d'vne entiere paix luy auoit acquis fous l'heureufe conduicte de deffunct noftre grand Roy. Et que quatre ans de mefme repos luy ont terny fous les ieunes ans de noftre Prince fon fils. Auroit tant fupplié & tant fait, que pour aduifer aux moyens de fon reftabliffement. Sa Maiefté auroit trouué bon de conuoquer l'affemblee des trois Eftats de fon Royaume (remede falutaire à fes maladies defefperees) Voftre grandeur à fait vne action digne du rang que vous y tenez, & de la pieté d'vn Prince fi proche de fa couronne. Toute la France Monfeigneur, vous en a l'obligatió. Comme celuy qui luy auez procuré le bien, par le moyen duquel elle efpere recouurer la vigueur qu'elle a perduë, & fe reuoir encore en nos iours. Auffi floriffante qu'elle ait oncques efté, à voftre grande gloire & à l'honneur & grandaur de

Aij

noſtre Roy : Mais comme ce n'eſt pas tout de donner le plan à l'ouurage ſi on ne baſtit deſſus. Auſſi ne vous ſera-ce pas aſſez d'auoir preparé la voye de ſon bon heur à noſtre France, ſi vous ne tenez main, que ceux qui ſont ordonnez pour la y conduire le faſſ̃et fidelemẽt Car il ſeroit à craindre qu'eſtat deſtournee du chemin, ou par la malice ou par l'ignorãce des guides, elle tombaſt en vn precipice plus dangereux que celuy duquel vous l'auriez penſé retirer. Qui feroit qu'au lieu des benedictions que vous deuez attendre d'vn ſi noble deſſein, voſtre grand nom courroit fortune d'en ſouffrir intereſt au contraire.

Or Monſeigneur, ie ne vous dy pas cecy ſans cauſe. La voix publicque retentit par tout, que ceſte aſſemblee ſi authentique ne peut rien produire de bon à noſtre France; d'autant que toutes les roües dont ceſte machine eſt compoſee, ne ioüent que par les meſmes reſſorts qui ont alteré les meſures publiques. Et quels deux points principaux de ſa conuocation, les Deputez ont reçeu dés l'entree le reſultat des reſolutions qu'ils en doiuent prendre. L'vn, portant deffences expreſſes de toucher à l'ordre du gouuernement & conduitte des affaires. L'autre de commandement precis de demander pour

principal article de leurs cayers, l'accompliſ-
ſement des alliances d'Eſpagne. Si bien que
n'ayans libres leurs moûuemens pour deli-
berer ſur ces matieres. Il eſt à craindre que
l'Eſtat n'en ſouffre, & que voſtre grandeur
n'en reçoiue le contentement qu'elle s'en e-
ſtoit promis. Cela, Monſeigneur, donne à
tous les gens de bien qui viuent en cet Eſtat,
vne fieure continuë & vne crainte qui n'aura point de ceſſe qu'ils ne voyét voſtre grandeur remettre la main à cet ouurage pour le
redreſſer à ſon plan naturel, & luy redonner
la forme & les meſures qu'il doit auoir. Ce
ſont les vœux de toute la France, Monſeigneur, qui vous ſupplie & vous coniure treſ-
humblemét que vous reſſouuenant des proteſtations publiques par vous cy-deuant faites, de vos ſermens ſolennels deuant la face
de Dieu, & du rang que vous tenez en ceſt
Eſtat. Teſmoins ſans reproche, de la deuo-
tion que vous auez à ſa gloire. Il vous plaiſe
reprendre courageuſement le ſoin de ce bel
œuure & veiller à ce que les ouuriers ne s'eſ-
cartans de l'architecture publique. Ils ten-
dent au but general du reſtabliſſement du
baſtiment, vnique deſſein de leur conuocation.

A cela, Monſeigneur, i'oſe vous ſemon-
dre de tant plus fort qu'y eſtát intereſſé dou-

blement côme François, & voftre feruiteur, ialoux de la gloire de mon pays & de mes Princes. Ie penfois eftre deferteur de ma patrie, & de ce que ie dois à voftre grádeur, fi ne pouuant contribuer de la main à cet edifice, ie ne le faifois au moins de la langue, feul inftrument de quelque efficace qui me refte, pour vous rememorer ce que vous deuez à cet Eftat, & vous eftre refmoin & organe des affectió publiques defirees de vous en cefte action. Eftant ce que vous luy eftes vous luy deuez amour, & cet amour requiert de vous vn foin particulier de fon bien, de fon repos, de fa gloire, de tant plus qu'outre les obligations naturelles, vous vous y eftes engagé librement par vospromeffes fans autre femonce que de voftre zele. Ce trauail, Monfeigneur, fera grand: Mais la vertu paroift en la difficulté. S'il eft grand, il vous fera glorieux, ayát vn obiect fi meritant qu'eft l'ordre & la paix d'vn fi grand Eftat. Trauail toutefois qui ne vous peut eftre infructueux: Car fi cefte franche volóté vous lie fi eftroictement à ce deffein, fes redeuáces vers vous luy feront de tant plus fort & plus eftroictes. Si bien que de cefte chaine d'amour & de deuoir de vous à luy & de luy à vous vous ne pouuez que receuoir, luy beaucoup de bien vous beaucoup de gloire.

Et quant à cela, Monseigneur, vous ne
pourrez eſtr eſmeu par ces liens naturels de
pieté à la patrie, ſi le deuez vous au paticulier
intereſt que vous y auez & de bien & d'honneur? Puis que Dieu vous a fait naiſtre Prince, Prince du ſang de France, & encores entre ſes Princes, le premier. Qu'il vous a fait
naiſtre capable de porter couronne. Ceſte
couronne, la premiere du monde; Ne vous
ſont ce pas des éguillons preſſans pour vous
induire à vous oppoſer de voſtre pouuoir à
ces torrans de confuſion qui l'emportent?
Penſeriez vous vous garentir en ſon naufra-
ge? Comme les Pilotes ſont emportez à tra-
uers des eſcueils par la violence d'vne bou-
raſque de mer & s'y perdent: Auſſi font les
Princes ordinairemét dans les deſordres de
l'Eſtat, ſi de bonne heure ils n'en deſtournét
l'orage. Et ſi encores vous n'eſtes aſſez eſmeu par la conſideration du bien, ne le deuez vous pas eſtre de l'honneur? Qui doit
appeter la gloire que ceux qui ſont nez de
condition glorieuſe? Appartient il qu'aux
Aigles de regarde fixement le Soleil? Vos
vœux & proteſtations infinies y ont ſi fort
intereſſé voſtre hôneur, qu'il en receura ſans
doute vn eſchec, ſi vous ne faite voir à tout
le monde que vous n'auez pas moins de ſoli-
citude & de courage pour bien acheuer que

vous auez eu pour bien commencer. Pensez vous que vos ennemis ne feissent profit de voſtre refroidiſſemét,& qu'ils demeuraſſent muets dans voſtre ſilence ? Mais le ſont-ils? Comment le ſeroient-ils veu qu'ils font parler les murailles ? N'oyez vous pas ce qu'ils diſent deſia (impudemment toutefois?) que vous eſtes capable d'entreprendre non d'exécuter ? Que vous eſtes plein de propoſitions,vuide de reſolutions ? Langues de viperes qui ne cóſiderét pas quevos actiós ſont ſujectes à vne puiſſance ſuperieure,à laquelle le deuoir & lereſpect vous commande de vous ſubmettre & laiſſer le cours libre à ſes volontez. Voudroient-ils point que violentant toutes choſes , vous feuſiez autheur de nouueau ſcandale. Et enſuitte ample ſubiet à leurs calomnies? Ne ſçauent ils pas que les affaires ont leurs âges, qu'ils les faut prendre en leurs temps & que la precipitation les ruine? Qu'à eux ſoit la violence & à vous la iuſtice. Qu'ils continuent leurs artifices, & vous voſtre ſilence iuſques à ce que la ſaiſon vous conuie de parler & de faire. Cette ſaiſon,Monſeigneur,approch. Vous auez iuſques icy ſagement & prudemment laiſſé libres aux ouuriers les conferences de leurs deſſeins, & l'aſſemblage de leurs materiaux. C'eſt à la fonte de la choſe qu'il vous faudra

contribuer

contribuer de voftre foin, de voftre confeil,
de voftre courage. La où tous les vœux de la
France vous conuient, où voftre pieté vers
elle vous inuite; Et là où elle efpere vous voir
genereufement combattre, Le vice par voftre vertu, la paffion par voftre zele, & le de-
fordre par voftre prudence.

Si cefte action n'eftoit publique, fi de fa na-
ture elle n'auoit la liberté de dire ce qui la
bleffe, fi noftre Roy par fes patentes ne l'en
auoit auctorifee. A l'aduanture feroit il, fi
non iufte, au moins tollerable de luy impo-
fer des loix & captiuer fes deliberations. Et
à voftre grandeur flechiffant fous la puiffan-
ce de fes arrefts, de n'ouurir la bouche pour
ce, que fa M. l'auroit fait. Mais eftant com-
pofee des trois ordres de cet Eftat, & que par
les loix fondamentales d'iceluy, il leur eft
permis de dire franchement ce qu'ils eftimét
luy feruir. Que par lettres authentiques pu-
bliees en mil endroicts, fa Majefté leur permet le libre vfage de leur aduis & de leurs
plaintes, il ne feroit pas feulement iniufte de
les leur empefcher: mais impie, & à voftre
grandeur bien fort reprochable de s'en taire.
Penfez que ces procedures extraordinaires
ne peuuent auoir leurs mouuemens dans la
volonté de noftre Roy: mais qu'elles en font
couuertes, qu'elles en font defguifees afin

de leur donner paſſage. Que ſon âge encore
tendre, ne luy permet de ſe roidir à ſes conſeils par vne entiere & parfaite cognoiſſance
qu'il aye de leur valeur : mais que la paſſion
de leurs autheurs ſe ſert de ſa bouche comme d'vn alambic pour en mieux diſtiler l'a-
mertume, & ſous les accidens d'vne douce
potion y noyer le cœur de ſon Eſtat & ſoy
meſmes. Si nous le cognoiſſons, le pouuons
nous taire ſans crime? Et vous Monſeigneur,
ſur tous autres qui auez & l'auctorité de le
dire & l'accez pour le faire. Si vous n'en eſtes
eſmeu du deuoir, ſoyez le au moins de com-
paſſion. Pauure Prince à qui rien ne deffaut
que le temps. Admirable en eſperance ſi les
graces naturelles que Dieu luy a departies
eſtoient ſecondees de la fidelité de ſes ſerui-
teurs. Prince auquel le meſme Dieu a reſer-
ué la gloire pour compagne de ſa vie, ſi la malice du ſiecle ne l'en deſtourne. Qui a puiſé
dés le ventre les riches ſemences de la vertú
de ſes parens (Comme de deux abyſmes)
pour l'ornement de ſon Diademe : Mais que
l'infidelité, l'auarice & l'ambition des hommes de ce temps ſous les faux viſages d'a-
mour, de prnd'hommie, & de bien publicq
taſche d'eſtouffer, taſche d'oprimer. C'eſt à
vous, Monſeigneur, de luy en deſcourir la
fraude, la luy faire voir, la luy faire taſter.

Asseuré que Dieu qui a tousiours eu vn soin
particulier nos Roys & cest Estat, donnera
à vos parolles efficace de persuasion, luy ou-
urira l'oreille pour vous entendre & le cœur
pour vous croire. Si bien que de commun ac-
cord remedians à tous ces menquemēs, il ra-
menera sans doute ces violences aux plus sa-
lutaires aduis de tant de graues personnages
qui honorent de leur presence cette congregation. Et si vous ne le faictes qui l'entre-
prendra? quelle saison attendez vous plus op-
portune? Quelle occasion plus riante? sçauez
vous pas qu'elle est chauue, & que si elle pas-
se vostre vie peut estre s'escoulera auant que
vne pareille se rencontre. Ce que vous pouuez faire apresent auec iustice ne se pourroit
cy apres sans violence. Puis que vous auez
procuré ce bien à nostre France, n'auez vous
pas interest qu'elle en iouisse? C'est vostre
gloire. Ouy mais direz vous quel honneur
d'entreprendre sans succez? A quoy ceste en-
tremise? A vous descharger au moins, Monseigneur, du blasme que vous pourriez en-
courir par vostre silence. A illustrer de plus
en plus vostre nō à la posterité comme celuy
dune autre Cassadre qui auroit preueu le mal
se seroit mis en deuoir d'y donner ordre;
Mais que le malheur du siecle n'auroit voulu
seconder. Prestez, Monseigneur, prestez à la

France voſtre langue & voſtre courage. Penſez vous que dans vne ſi notable aſſemblee il n'y ait pas nombre de gens de bien, de courage vrayement François, qui n'ont autre caractere empreint ſur le cœur que le lys; Et qui tres-volontiers ſe mettroient au hazard d'vne diſgrace pour le bien public & la deſcharge de leurs conſcience ? Qu'il n'y ait point entr'eux de ces Fabius Maximus, de ces Attillius Regulus, qui preferent à leurs vies & aux commoditez de leurs familles les conſeils vtiles à la patrie ? Et que ces perſonnages quelques promeſſes particulieres qu'ils puiſſent auoir faites, ſe voyans apuyez de voſtre auctorité ne reſiliſſent courageuſement à ce qui ſera de mieux, ſçachans pour maxime veritable que les mauuaiſes promeſſes ne ſont pas tenables. Et s'ils ne le font, malheur ſur eux. Teſmoignage aſſeuré du renuerſemēt de ce pauure Eſtat: Car le ſens s'eſmouſſe & rebouche quand le deſtin empoigne les hommes au colet, diſoit vn Ancien. Dieu bleſſe le ſens à ceux de qui la diuerſité s'approche. Et Iob, Quand Dieu veut affliger vn Eſtat, il emmeine deſpoüillez les Conſeillers & met hors le conſeil des ſages, il deſtache le lien des Roys & leur ſangle les reins, il oſte la parolle aux hommes diſerts, & ſouſtrait le conſeil des anciens. Il eſpand le meſpris ſur les Princes, & laſche la cein-

ture des forts. Il oste la veuë aux chefs de
la terre. Au moins aurez vous ce contentement, Monseigneur, d'auoir contribué ce
que vous deuez à cet ouurage: & quoy qu'il
tarde le mal estant arriué, vostre prudence &
sagesse sera recognuë & regrettée (mais à
tard) & face Dieu que ie sois trompé. Neantmoins il vous est necessaire de le tenter, si
vous aimez l'Estat, la grandeur de vostre
Roy, & vostre honneur propre: Car si toutes
choses demeurent en l'estat qu'elles sont.
Qu'aura seruy ceste congregation que pour
auctoriser dauantage le desordre, & se seruir
d'elle pour establir de tant mieux les mau-
uais conseils les couurant de l'auctorité publique? Pour guerir les maladies du corps hu-
main. On se sert de medecins experts qui en
puissent recognoistre les causes & y donner
les remedes propres. De mesme pour redonner à cet Estat malade sa premiere santé. Est
il necessaire d'vser de l'experience de ceux
que nous sçauons le pouuoir faire par les tes-
moignages qu'ils ont rendus de leurs suffi-
sances, extirpant dés la racine les motifs par
vne purgation conuenable. Car comment le
voudroit on souslager si on luy laisse l'vsage libre de ses appetits deprauez, & des conseils de
ceux mesmes qui l'ont porté à la desbauche?
En peu moins de cinq ans, Nous auons veu

deux saisons en ces affaires, l'vne florissante, opulante, tres-bien reglee, & tellement que dés le commencement de l'annee on voyoit iusques àvnsol la recete & despence ordinare de l'Estat, & le fōdz qui reuenoit de bon toutes charges payees, fonds tres-grand. On voyoit les deniers des receptes & des fermes si bien reglez qu'il ne s'y faisoit comme point de nonualleurs. Toutes les assignations si biē acquittees aux termes qu'elles valoient deniers comptans. Aussi l'Estat en estoit splandide, craint & redouté de tous. A present vn desordre par tout si extreme qu'il n'y a tantost plus de forme. Les deniers des receptes alterez : les fermes sinon diminuees au moins la plus part ruynees par la ruine des fermiers: & pour auoir preferé en icelles des hommes de neant à ceux qui les eussent bien maniees cōme si l'on n'eust visé qu'à se venger des directeurs precedans par vne apparance de plus grand menage & de soulagement public en la descharge de partie des droits d'icelles au profit du peuple sans diminutiō du prix, sans neantmoints en auoir bien consideré la fin & la peine que ce seroit si la faute de fonds & la necessité des affaires requeroit de restablir ce qu'ils ont ruiné, qui fera qu'au lieu de les auoir augmentees on les verra sans doute venir au rabais. Les assignations de l'Espargne

en tel eſtat, qu'elles ſont inutiles a ceux qui
les ont, qu'en perdāt le tiers ou la moitié pour
eſtre payez du reſte: & ainſi fonts manquant,
porte ouuerte a noūueaux Edits, ſubcides,
creation d'offices, & ainſi l'Eſtat expoſé à la
meſme ruine & neceſſité qu'il eſtoit il y a tré-
te ans, & à la meſme fortune qu'il a coūrū. ceſt
à vous, Mōnſeigneur, de vous repreſenter
ces choſes & les exagerer en ceſte aſſemblee
afin de les ramener à l'ordre le meilleur par la
conſideration des deux temps. Choix qui ſera de tant plus aiſé à faire, qu'en l'vn nous a-
uons pour patron noſtre deffunct grand Roy
qu'on peut dire auoir porté dans leſcrein de
ſon eſtomach les plus reſolues & veritables
maximes de bien reigner.

Sage en conſeil & vaillant au combat.

Qui nous empeſchera donc de ſuiure vne
guide ſi excellente & nous conformer à ces
methodes? la multitude eſt mere de confuſion ſpecialement es affaires de finance: Celles de France ſont tellement liees & enchaiſ-
nees que la conduite en eſt bien plus aiſee es
mains d'vn ſeul que de pluſieurs, outre l'in-
commodité des parties ayans affaire à tant de
teſtes. Ceſt aduis ne ſera pas receu de tous les
adminiſtrateurs mais ſuffit qu'il le ſoit comme il ſera des gens de biē d'entr'eux qui quit-

teront tres vollótiers leur particulier intereft pour les neceffitez publiques, & en tout cas fuffits il eft neceffaire, & que fa Majefté l'ait agreable. Mais d'autant, Monfeigneur, qu'il pourra arriuer que pour rabattre ce grand effort que vous ferez fans doute pour le bien de cet eftat au changement de l'ordre eftably aux affaires. On voudra pour accommoder toutes chofes & vous repaiftre de quelque apparence de contentement choifir vn milieu vous intereffant en cefte conduicte. Cela eftant vous deuez confiderer qu'en ce fait il n'eft pas tant queftion de vous y donner la part qui vous y eft deuë, comme de trouuer vn moyen par lequel l'Eftat puiffe reprendre fon luftre & fa vigueur. Au moins eft-cela le but ou vos proteftations & vos defirs ont été du dés le commencement. Si voftre quallité vous permettoit de vous donner le trauail requis en vne charge fi penibleque fera celle de ce reftabliffement, Certes Monfeigneur, toute la France auroit a fingulier contentement de voir voftre grandeur chargee de ce faix, & f'en fentiroit infiniement foulagee, fur les affeuráces qu'elle a tres certaines de voftre affection & capacité : Mais s'il eft expedient pour elle il ne le feroit pas pour vous mefmes. Vous deuez euiter qu'il ne foit dit que vous n'ayez trauaillé que pour vous. Et que

ces

ces rumeurs paſſées n'ayent eu pour ob-
ject que voſtre conſideration particuliere,
C'eſt la c'eſt la, voſtre intereſt, de faire
voir à tout le monde que vous n'auez eſté
porté en cet action que de l'amour que
vous auez pour voſtre Roy & ſon Eſtat,
que pour luy vous faites litierre de voſtre
particulier: Mais que vous n'en auez point
Que voſtre fait propre ne vous touche
que par le ſien : Car ainſi le laiſant en ar-
riere, vous l'aduances. Vous faictes vn
coup d'Eſtat à voſtre gloire, & luy don-
nez les aiſles qui porteront la memoire de
cet action à noz nepueus pour eſtre ce-
lebree comme la plus Auguſte de voſtre
vie.

Si vous gaignez ce poinct, Monſeigneur, il vous ſera facile de venir à l'autre qui touche les alliances d'Eſpagne. Puis
que vous ferez ayſement paroiſtre le pre-
iudice qu'elles feroiēt à l'Eſtat. Dont les
raiſons ſon ſi fortes & en tel nombre
que qui ne les voit pas ne voit pas le iour
& faict des nuicts en plain midy, raiſons
tant de fois repreſentees par tant & tant
d'eſprits veritablement embraſſez de l'a-
mour de la patrie, que les rebattre ſeroit
importun & les repeter innutille. Outre

que ie me foubmettrois volontiers à toute rigueur, que si les voix libres des Deputez estoient recueillies fur ce fubiect, il ne
s'en trouueroit pas de dix l'vne qui les ap-
prouue. Et passeray plus outre, que si celles de tous les fubiects du Roy y pou-
uoient estre receues, il s'en trouueroit si
peu pour l'accompliffement qu'elles ne
vaudroient pas la peine d'en faire ligne de
compte : Et quand nous n'aurions autre
confideration que le naturel de ces peu-
ples. Cela nous feroit il pas vn affez fort
moyen pour n'en fouhaitter la communi-
cation: fuperbe, audacieux, Nous prompts
& violens, ennemis capitaux de ces vices?
Est-il poffible que pour donner vne fem-
me à noftre Roy, & vn mary à Madame.
il nous les faille prendre des mains de
ceux qui depuis cent ans ne trauaille qu'à
noftre ruine & qui penfent en icelle baftir
les fondemens d'vne Monarchie de l'Eu-
rope? Qui ne fe font iamais occupez qu'à
nous harfeler, foit par guerres ouuertes
ou inteftines, qu'aucun lien de parante
le n'apeu retenir de le faire. Qui ne fe
font pas contentez de voyes de faict: mais
y ont adioufté toutes fortes d'attentats fur
les vies de nos Roys. Bref qui n'ont ef-

pargné aucun moyen pour contenter ou
leur haine ou leur ambition. N'y a-il plus
de maifons fouueraines au monde qu'il
faille paffer par cefte neceffité de recourir
à noftre ennemy pour nous donner des
Princes qui nous commandent ? Que
nous baifions à la bouche ceux qui nous
voudroient auoir deuorez ? Qui nous ont
defpouillez de noftre bien, & ne beent
qu'apres ce qui nous refte ? Miferables que
nous fommes, nous voyons le gouffre &
nous nous precipitons dedans. Serons
nous toufiours miniftres des paffions de
nos voifins ? Voulons nous eftre fi chari-
tables de nous perdre pour eftablir leurs
affaires ? Ne void on pas que ces confeils
ont paffé les Alpes pour venir à nous ?
Et bien que pour les rendre plaufibles &
receuables, on n'ait peut eftre reprefenté
que l'egalité des aages & des maifons &
l'etretenemēt de la paix entre ces Princes.
Neantmoins les Autheurs n'ayent affez d'artifice Ces alliances eftans plus
noüees) de perfuader de nouueaux def-
fings & confeiller de nouuelles entreueu-
es à Bayonne auffi funeftes que celles de
foixante cinq auant que de donner la forme au baftiment. On pofe les fondemens

& puis on baftit deffus. Les fages de ce
monde en font autant en leurs deffeins. Ils
embarquent ceux qu'ilz veulent tromper
par des apparences fpecieufe, & apres les
auoir engagez enfortes qu'ils ne s'en puif-
fent defdire, ils les mainēt peu a peu à l'ex-
tremité qu'ils veullent, ou ils trouent en
fin le précipice de leur ruyne. Bon Dieu
que diroit à prefent noftre grand Roy, Ce
grand Prince, qui mourant nous auoit
laiffé tant de beaux preparatifs a la gloire,
tant de veftiges certains pour aller droicte-
ment au temple de paix, il en voyoit fi toft
entre nous la pifte effacee la memoire e-
fteincte? & que ceux es mains de qui il les
auoit deppofez facēt ce tort à fa vertu pre-
ferant des aduis contraires, de faire vne of
frande fouëfue à fon ennemy de ce qu'il a-
uoit de plus cher, & priuer par ce moyen
fa geniture de la gloire de véger fur luy les
offenfes de fon pere & les fienes? d'auoir
laiffé vn ieune Mars au monde auquel auec
la naiffance il auoit donné le courage & la
paffion d'aller hardiment reprendre fur la
tefte du rauiffeur fes courrones rauies &
neantmoins qui fous les apas d'vn mariage
hors de faifon inegal en tant de fortes on
luy en veille deftourne l'occafion? Monfei-

gneur ces actions sont publiques aussi sont
les Roys. Toute la France a interest particulier de contribuer aux mariages de ces
Princes, de ses ieunes Princes, si elle partici-
pe à leurs maladies ne le doit elle pas a leurs
contentemēts ? Vous deuez donc Monseigneur, tenir la main puis que ceste resolu-
tion est vn des points principaux de la có-
uocation desdits troisEstats, qu'il ne se pas-
se rien de violent, & que soubs ombré de la
demande qui en pourroit estre faicte par
les cahiers des prouinces suiuans les com-
mandemens qui en ont esté faits aux deputez, ou les delais qu'ils en pourroient faire
à l'arbitrage de sa Majesté. Ou pour mieux
dire des autheurs de ses conseils. On ne pas-
se cet article, sans autre aduis: mais faire en
sorte qu'il soit meuremēt deliberé sur iceluy en plaine assemblee d'Estats. Afin que
la deliberation estant faite selon les loix, la
determination en soit suiuie, au grand bien
de l'Estat à l'honneur de nostre Roy, à la
gloire & descharge de vostre Auguste
nom.

FIN